一町田章 詩集 2021～2025

樹芸書房

目次

I

II

Ⅲ

装丁　佐々木シゲ

一町田章 詩集 2021〜2025

I

美しい空

言葉が飛ぶ
肢体が飛ぶ
スカートがヒラヒラと飛んで行く
投げかけられた好奇心が空に記されて
歌を忘れたカナリアさえもが
息を吸い込むと
舌がのぞいて
空へ
張りつめたさえずりが響き、はばたく

移ろう空こそ雲間を狭め下降する
生に惑う地上から
打ち震えて立ち昇る狼煙が
危うくも空に近づき
擦れて
風の音

眠る
空は眠る
風に眠る
風が岩山に戯れて、一層深い眠りにつく

訪ねし者は
天体を己の鉱物で満たして
慎ましく寝覚めの時を待つ
月の残夢に花束を手渡すソリストの歌声が
いよいよ地平線を支配して
空の肩にスカーフ
美しい空

食卓に動物園

食卓に動物園
野生の模型が半円状に整列している
正面を凝視する目線に倣って
食器棚へと個性が侵入し
霞みになった動物たちの本性を手懐けると
あたりは獣の匂いを身に纏う
サバンナの低木が生命の飛散を吸い込み
河原の小石が陽を受けてほくそ笑む
独りの男が包装紙を解かれ食卓に置かれると

宙を漂う過ぎし日の自由を束ねて
動物たちに手渡す
空を呼び込み吠えるもの
雲の上によじ登ろうとするもの
水中の藻に眼を凝らすもの
男の残した呪文も唱えられて
生暖かな息遣いが風を起こす
漂白された大地へ鳥たちが先んじて飛んで行く
遺跡は声を嗄らして帰還を叫ぶが
動物たちは四肢を謳歌し
時を銜えて喉仏を見せびらかす
紐解かれた歴史が新しい生地を生み

死地を見失ったものが新しい生地に出会う

重なる時間

粛々と男の柩が動物の群れに分け入るが

供物を運んで来た女は身重となってさ迷い

胎児は瞳の時を迎える

顔のない立像

顔のない立像の顔を見る
顔は下斜めに傾き
黙思している

立像は気に満ちて
風は立像を避けてそよぐ
下斜めに傾く顔の降りて行く先には
供えられた草花が盛りを過ぎても飾られ
祭壇を新たに飾る気配もない
回廊にたむろしている人々は

旅立ちの支度を終えていて
道化師が瞬くと
旅行く人の胸の花飾りがざわつき始める
道化師が爪先立って空の淵を覗き込むと
旅行く果てへ
顔のない立像の意志がまっすぐに伸びている
道化師は仮面を脱ぎ棄て
声ならぬ声を上げる
声の行方を追いかけると
声ならぬ声は
旅人一人ひとりの胸を掬い
旅人に思惟することを伝えている

旅人は凜として
顔のない立像の顔を見る
顔のない立像の顔は下斜めに傾き
顔の降りて行く先には
仮面を脱ぎ棄てた道化師の
顔のない顔がある

水盤

空に
水盤が浮かんでいる
水盤には一輪の花が咲き
水面には
死ぬ間際に見やる景色が
写し込まれて
死に行く人が
死に行く人自身に問われている
水面の景色はどこから来たのかと

確かに
水盤からは
懐かしげな匂いが立ち現われて
死に行く人は景色のなかに没入するが
もはや景色のことも
匂いのことも語れない
水盤から零れた水滴に
言葉が包まれていて
語れない

景色が写し込まれた水面は

立会人も確認しているはずだが
立会人の目に映る水面は
さざ波が立っているだけで
景色はどこにも見えない
死に行く人が手招きして
景色と問う人とを一緒に
連れ去ってしまったに違いない

空に浮かぶ水盤
颪が落ちて
颪が舞い
颪を鳥がよぎり

水盤に咲く花を
石が見上げている

さ迷う形

さ迷う形
歩く道のりを失っているが
輝いている形
運動は持続し
辿り着く場所がないままに
きれいな軌道を描く

起因する行為は過去が与えてくれた
埋もれるのは自転する時間

公転する時間は静けさをかみしめ
未来は消費されて色彩がこぼれる
雨滴が時刻と競って
現在は鉱石から大地を探り始め
誘い出された言葉が図形を掘り起こし
熱量は図形の縁をなぞり焼印を施す
舞台では物質が具体的な形を表現しようとしているが
水位が足りない

寄る辺なき気体を吸い込んで
浮上すること
うたかたの季節のありかへ

あるがままに歩行すること
群生する草々が波打ち
花びらは化石に身を潜め
鳥たちは鯨の行き先を占う

点景となった意匠
さ迷う形の留まるあたり
紡がれた糸が綻られ
視点がずれて行く速度に乗って
空を見失った肢体が
自由に綻びる

たゆたう重み

地面に足を下ろすと
地面の重みが
言葉となって伝わってくる
地面の重みを成す言葉は
身体に堆積し
地面に立つ身体自身の重みの言葉も
脛を伝って地面に向かう
地面の重みは
言葉にまみれ、 私にまみれ

居場所を探す
地面の重みと私の重みは交感して
地面の重みが
私の既視感覚を呼び起こすと
二つの重みと言葉は折り重なって
重みの領域を推測する
正しい数値へと近づくと
重みは
身体の内でたゆたう
たゆたう重みは
たゆたいつつ
新たに一歩が踏みだされると

新たな重みの領域へと揺れ始め
正しい数値も流動しだす
重みは新たな容積の言葉を掲げ
地面を移ろう
身体を移ろう
流動すること
言葉を新しく行使すること
重みは
一歩に浸透し
言葉にまみれ
私にまみれ
たゆたう

削る

削る
空を削る
溢れている冷気を
手に取って
削る
カキッカキッ
冷気は
鋭さを増す
鋭さを増して

冷気は
空を切る
撓む
切られた空が
撓む
撓んだ形
張力の形が
空から剝がれる

見知らぬ空

飛び込む
見知らぬ空に
飛び込む
姿態が沈む
姿態が浮かぶ
曖昧なそよぎ
確かめられぬ
見知らぬ空
姿態は吸い込む

空を吸い込む
吸い込む力で
姿態が捩じれる
捩じれて
胸に抱えた記号が
色づく
色づくと記号は
口を膨らませ
空を
吐き出す
見知らぬ空に
色づく空が流れ込む

遠くへ遠くへ
色づく
捩じれたまま
姿態は数える
空を数える
誰彼となく色づく
一つひとつの空を数える
一つひとつの空は
見知らぬ空に
あてどなく
無数に散らばり
姿態は

数に溺れて
空を投げだす

触れる空気

朝な夕なに眺めやる景色ゆえ
朝な夕なに景色が消える

消える景色を追い掛けて
景色の行き先を問いかける
景色は半ば目をつむり
消え行く先は空気が歩いているだけだ
と呟き消える

空には川が流れて
白い月が歌っている
目を凝らしても
川面に景色は見えず
いとしい面影
ほつれた糸が
空に絡みつく

風の形
あてどのない雲に
心障り
遠くの出来事に思いを馳せていると

景色の風音が鳴り出した
語部の声と折り重なって
空は重みを増し
朝な夕なの景色となって滲みだす

空の彩り
見慣れた景色に空気が触れる
触れる空気に
手がとどく

朝な夕なに眺めやる景色ゆえ
朝な夕なに

触れる空気に
手がとどく

剥がれた夜

夜が剥がれる
余分な夜が剥がれる
剥がれた夜は
固有な夜を身に纏い
夜を飛び
遠い昔の風を啄ばみ
道行く人の肩に手を掛ける
濡れた小石が
夜の声を聴かせると

剝がれた夜は
夜の声を口ずさみ
道行く人の瞳の中に入り込む
剝がれた夜の気配に
瞳が
夜空を見上げると
剝がれた夜の跡形が
夜で満たされ
冷気が流れ込んでいる
夜の冷気は
剝がれた夜の温みを抱え
道行く人に問いかける

余分な夜の剝がれた夜はあなたの夜か、と
道行く人は頷くが
剝がれた夜は
瞳に消えて
瞳は夜を映すだけ
濡れた小石は
余分な夜を持て余し
夜空の雲が
低く笑っている

空を眠る

捩じれた空が
笑っている
笑っている空が
捩じれている
危うい表情を浮かべて
男は空を見つめる
空は空しい雲を垂れ込めて
男を空の眠りに誘う
男を誘う空の眠りは

空との境界を
ふわふわと行き来している
眠る男は数を数える
ふわふわと
空の眠りが
空とを行き来する道のり
捩じれた空の
縁を回った回数を数える
男が数えた数の
跡形は
数える度ごと
空の眠りに残されて

眠りを満たし
空の眠りは
溢れる
空に溢れる
男は数え続ける
空の眠りは
捩じれた空を回り回って
いよいよ
空に溢れかえる
男の声は遠のき
空の眠りが行き来する
空との境界は

うすれ
空の眠りと
空との
見分けもつかず
しまいに
空の眠りは
ふわふわ
空を眠る

Ⅱ

眠っているのに眠っている夢を見た

眠っているのに眠っている夢を見た
眠って夢を見ているのは私で
夢の中で眠っているのも私
眠っているのに
ことさら眠っている夢を見るなんて

夢の中で眠っている私が
さらにまた
眠っている私が出てくる夢を見ているかどうかは知らないが

眠って夢を見ている私の
夢の中で眠っている私を見つめる眼差しには
ほんの少しの
憐憫の情が混ざっているようだ

眠って夢を見ている私は今日の私で
夢の中で眠っている私は昨日の私
通り過ぎようとして
昨日の私が今日の私の前を通り掛っただけなのに
今日の私は昨日の私を忘れられずに私の夢を見た？

眠って夢を見ている私

夢の中で眠っている私
夢の中で眠っている私を見つめていた私が
振り向いて
私を呼んでいる

顔が見えない

顔が見えない
自分の顔が見えない
見慣れた景色を見ている見慣れた顔は
妻の隣りにあるのだが

見慣れた顔は毎日髭を剃り
時には妻と一緒に笑っている当たり前の自分の顔
心して見ている景色のように
見慣れた顔を確かな自分の顔として見れればいいのだが

顔が見えない

見慣れた顔は見慣れた顔で
当たり前の、と
決めつけようとしている感情か理性の裏側で
疑心暗鬼になっている
人ごとではない

他人は私の顔をはっきりと名指してくれる
私より私の顔を判断できているようで
私としても安心だ
私は私で

自分の顔への不安とは裏腹に
他人の顔は
固有名詞や普通名詞の他人の顔として見えている

顔が見えない
と言っても見慣れた顔は見えている
昨日も隣人と道端で挨拶を交わしていたのは
紛れもなく見慣れた顔の私なのだが
鏡に写った見慣れた自分の顔に
見慣れぬ顔がいつも写っていて
自分の顔が見えなくなってしまう

消えかかっている自分の顔は
見慣れた顔を後にして
見慣れぬ顔となって
じっと私を見ていたが
やがて
私の顔に成り済ました見慣れぬ顔は
人知れず
私を遠くへと連れて行く

死者との対話

死者は会話をしてくれる
歩いている私が問い掛けると
大方は言葉少なだけれど
真摯に言葉を投げ返してくれる
私がどうにも死者から離れられないので
死者は遠くに行けず
私と肩を並べて歩く羽目になる

私の現実が死者にとっても現実

死者になった時の現実と時を経た今の現実は
私にとっては変化をしたけれど
死者にとっては変わっていない
翻って見れば
私の変化した現実に対応する死者の現実はなく
二人の間には私という一つの現実があるのみで
死者が語るのは結局は私の現実
死者は私になってしまった

私になった死者は
幾らか歪んでしまったけれど私の内で健在だ
会話をしても

十分に死者を彷彿とさせて現実的だ
二人の間に横たわっていた行き違いに
時間を費やし正してくれたのは確かなことだ
微に入り細に入る会話の快い疲労もあってか
わだかまりも薄れて行った

とは言っても
事実は消えない
私がこの世に居座っているように
事実が持っている事件性が二人の間に居座っている
厄介だ

でも、負担にはもうならない
散歩に誘えば何食わぬ顔で肩を並べて歩いてくれるし
語調にも批判的な色合いはない
死者は巧妙に私を飲み下してくれたのだろうか
あるいは私との関係を扱いかねて
どこかに事件性を置いてきぼりにしてきたのだろうか

だが、問い掛けるまでもなく
死者は心を決めている
事件性については無言を決め込んでいる
今日も私の内で、
死者のように口を噤んでいる

悲しみが浮いている

悲しみが浮いている
気がついたら地上からふうっと浮いている
悲しみ自身の重みで地べたから身動きできなかったのに
いつの間にかふうっと浮いている

打ち拉がれている心は少し驚きつつも
ぼんやりあたりを見回している
ぼんやりとしているのは悲しみが癒えてきたからではなく
悲しみが続いているからで

でも、浮いている

悲しみは悲しみ自身を持て余して
悲しみ自身から離れたがって身を浮かせたのだろうか
それとも、強い息を吸い込んだ拍子に
少し軽くなっていた悲しみが
地上からすうっと離れたのだろうか

苛まれている心が
自制心を失ってさ迷い始めようとしているのなら
悲しみが拡散しそうで、面倒なことになる
悲しみ自身も地上に置いてきぼりになってしまう

悲しみ自身は悲しみのものであり
地上から離れた悲しみが
空と一緒に、悲しみ自身をすうっと持ち上げてくれれば
地べたに張り付いている悲しみ自身も
風にさらされ、空色に薄まってくれそうなのだが

悲しみは浮いたあと
さ迷うような気配を一度も見せてはいない
さりとて
悲しみ自身に執着している風でもなく
悲しみはふうっと浮いている

夜が消えて行く

夜が消えて行く
夜のしじまが雨戸を鳴らして
夜が来たのを知らせているのに
気づかない
夜が来るのを耳を澄まして待っていたのに
寝入ってしまう
夜は雨戸を伝って消えて行く

夜が示してくれた行いは

誰にとっても忘れ難いもの
初めて心を震わせた日の勇気は
夜陰の隙間から手を覗かせて
私の肩を揺すってくれたから

夜は敢えて言わないが
あれやこれやと工夫を凝らしてくれた
夜が語る思想に耳を傾けるときには
夜に内鍵をかけてくれ
襟を正して夜空を見つめていると
謎が少しずつ解けて行く

居たたまれない夜が来ても
夜は決して怯むことなく
苛まれる昼を手助けしてくれたし
なによりも
忍び寄る暗闇を温もりに変えてくれた

耳はこれまで夜のいろんな音を聞いてきただろうに
今となっては心もとない
柱時計の音は聞こえるけれど
耳の炎が消え入りそうで
心もとない

他人と話をしている時

他人と話をしている時
私も他人になっている
よそよそしく話をしているつもりもないままに
他人同士で会話が進んで行く

私のなかに巣くう他人は
私にとっては他人ではないが
他人にとっては他人そのもので
私の他人は他人の他人と

お互い様とばかりに
何食わぬ顔で話をしている

他人と話をしている私の他人は
外向きの私の他人で
私の内向きの他人は大方は私と話をしている
他人はこのことも知っていて
私の他人が外向きであろうが内向きであろうが
気にしない

会話が進んだ後で
多くは会話が始まった時と同様に

他人同士の会話として終わる
とは言っても
時として、どぎまぎすることもある

私の他人が私との境を乗り越えて
私になってしまうことがある
他人の他人も他人となって
互いの言葉は遠くを目指して一気に走り始める
私の他人は私の肩を抱いていた手を離し
私になって一目散に走る
程なくして並走する他人が
私の内に素早く入り込むと

どぎまぎした私は
私を見失うが
言葉は無我夢中で疾走する

私の行く末が顔を出すと同時に我にかえり
あたりを見回すと
時を透かして
私の他人が
他人と話をしている姿が見える

景色を見つめていると

景色を見つめていると
景色と私は少しずつ重なりあって
景色は私に、私は景色になっていく

私が景色を見つめているのは
きっと
景色になってしまった私に会いたいからで
景色になった私も景色の中で
私に話しかけられるのを待っている

景色は
景色を見つめている私に気づくと
風を摑まえて
景色になった私を探してくれる
景色になった私は
私の言葉を耳にすると
物語に身を寄せ
懐かし気に話し出す
二人の会話は黙読するように交わされて
景色と私も重なりあって
独り言を呟いている

景色になった私と私になった景色
幾多の空を渡って来たまなざしが
伝え聞く言葉の端々に
空模様が現われて
風のまにまに
残されていた息遣いが
聞こえてくる

日が暮れて
空に置き去りにされそうで
私は立ち去ろうとしていたが

景色は私を引き留めようとはしない

引き留められないからではない

私の素振りに

歩を会わせようと慌てていたのだ

私が家に向かって歩き出すと

景色は月と一緒に

私を追いかけてくる

鯨の言伝て

鯨が
海のありかを飲み干すと
海は鯨に倣って
息を継ぐ
鯨が
咳込むと海は膨らんで
溜息をつくと
海は濃度を調節し始める
波も

鯨の言葉を反芻し
波打ちぎわでは
鯨の言伝てを砂に残して
海に消える
沖合で
大地を見やる鯨のまなこは
海に葬られた砂丘を慈しむ
鯨が
水泡を吹き出すと
砂丘は心なしか涙して
風に耐える
鯨は

海を仰ぐ
空を仰ぐ
波間に寝転ぶ
鯨は海にときめいている
ゆらり水平線を飲み込んで
鯨が知らせる海の彩りは
海鳥が知らせる空の彩りと
違わない
広やかに泳ぐ
鯨が泳ぐ
行き着く果ての海のうねりが
鯨を揺るがし

海のことわり
鯨の言伝て
鯨は海の純度を知っている

男を眺める

男を眺める
年格好の似た男は
買物袋を右手に持って
衒うことなく
目の前を通り過ぎる
背中を多少丸めて歩く姿になったが
四十代の頃はまだ胸を張って、腰を伸ばして
歩いていただろうか
眼差しは特に伏し目がちではないけれど

正面を見据えて歩く、ということでもない
年老いた風情には淀みがなく
人生での憤りがあったにしても
道端の木々に受け止めさせ
当人は木々の緑の上前を撥ね
目を潤す
薄日が洩れて
男の気配が身に沁みる
年老いて行く理不尽さに
道をふさがれて
眺める男は
路傍の石を握るとはなしに握る

小石の正当性に揺るぎはない
眺める男は
握る小石に力を込める
小石は抗う
小石は閉じられた掌の内を漂い
眺める男に伝える
力が削がれている、と
削がれた力は流れる
老いが巣くっている
宙に流れる
眺める男は
削がれた力を追いかけ

空足を踏む
足を踏み出しても地面は無く
体は
老いが巣くっている
宙に流れる
男は
眺める男を見遣るが
見過ごす
何事もなく
宙は
男に俯瞰されている

死に立ち入る人

死に立ち入る人が
死者と出会う今に
死者との帷も消えて
死に立ち入る人は
心を浮かせ
自由に
振舞う
死者を抱きあげ
等しき人の世の時を嚙砕き

枯野を越え
やがて
死者に添い寝をする

死者の瞳は見開き
死に立ち入る人を映し込んでいるが
抱かれている死者の手は
死に立ち入る人の背に辿り着けない
遠くから
死に立ち入る人の呼ぶ声
嗄れた声が聞こえる
耳をそば立て

目を瞑っていると
死者は
うつらうつら
今宵も
夕餉の食卓に
坐っている

死に立ち入る人は
死者に抱かれている
死者は背中に腕を回し
しっかりと
死に立ち入る人を抱き寄せる

近くも遠くもなく
生きている今に
死に立ち入る人は
心音に呼応する心音の
彩りを棄てて
死に立ち入る

死者は空の力を以って
死に立ち入る人を
わがものにする

胸が聴く音

昨日の音が蘇ってくる
音はおだやかな勾配を登っているとき
胸が聴いた音で
胸は音の形をなぞるように
注意深く音を追いかけていた
音が聴こえてくるのは
昨日に限ったことではないが
昨日の音は
見晴らし台から聴こえてきて

勾配を登っているときに
音を発していたあらゆるものの音が
見晴らし台に集まって
ひとつの音になり
胸に響いた

ひとつの音は
衒いもなく胸に入り込み
胸を一巡りして去って行ったが
ひとつの音が胸に留まったとき
胸には
既に胸自身の音が佇んでいた

ひとつの音と胸の音は
出会う間もなく
互いに互いの音を通り抜け
ひとつの音は起伏を残し
旅の音となり
胸の音は起伏に音を響かせ
旅の音を追いかけた

昨日の音は
勾配を登り切る前に去ってしまったが
今になって
昨日の音が

見晴らし台からの音だったのか
胸を巡った旅の音だったのか
思い出せない
確かに
今朝はまだ
昨日の音は
胸にあったが
今に聴こえるのは
もはや
昨日の音の余韻とも言えぬ余韻で
胸の音も今に聴こえ
音はひとつの音となって

今に響く
胸が聴く音

象のダンス

海を抱えて歩いていると
象と出会った
象は歩く人のこだわりを知らないが
象も長い鼻で空を抱えて歩いていた
海のうねりが
時おり身を揺らすが
象のダンスが救ってくれる
たゆたう象の歩行のモード
象のダンスは

海を吸い
バランスを舞う
等しく揺り戻されて
空を打つ
象のダンスは時を巡らす
歩く人は
象のダンスを習う
印されたモードが
海を誘い
胸を濡らしている海が
流れ出す
水嵩を増して

水辺が急ぐ
海を抱える両手は海を手放す
海が喉元に溢れる
危うい水面
海が空を呼ぶ
象が
空を放つ
空は傾き
歩く人が空を吸う
傾く空が
水滴をぬぐう
歩く人が

水滴を宿す
象のダンスが近づく
水辺は
水平に膨らんでいく

Ⅲ

鮭族が今宵の時を刻む

いつの日までも回遊する魚類の語り尽くせぬ行く末　問
わず語りに潮の満ち引きが口を開き　走馬灯が速やかに微
笑んで　幾千万かの言葉が費やされたあとも　溢れ出た水
嵩が規則通りに失われ　水平線は目線に正しく浮かぶ
さざ波に隠れる身体　水面にさんざめく夜の煌めきの底
へ　冷気が先行する　たなびく気流と寄り添う海流の交接
攪拌された溶液がスクリーンを成し　表層の波紋と行為
者の足跡が　か細くもくっきりと映し出される
身体に染み込んだ水気が吸い込まれ、潜水　身震いする危うさを海底に誘う　抗っていた浮力は浅瀬に追いやられて　岩の淵に顔を覗かせる懐かしき水温　緩やかに回転する身体はいにしえの水音と遊ぶ

　水面が手をかざした満天の月明かりは　細やかな気泡が立ち込めた深さの彼方で霞む　あたり一面の水無き時代の遺物　麗しの風紋は絵空事を装う　笑い声を立て身をくねらし伸縮する渦巻き　震え、辺りを見廻す海草　水の匂いを嗅ぎ分けている鮭族が今宵の時を刻む

月影に河口の橋を渡る

　月影に河口の橋を渡る　たゆたう満ち潮の岸辺は彼方
暗がりの水平線が孕む夜の気分　まばたきが閉じられる街
並の晒された匂いが押し寄せて　沖合いへ流れ行く川風
研ぎ澄まされた朝がひらりと緑風に乗って胸に畳まれ　午
後の陽射しは路上で右往左往　時を告げる者も居らぬまま
黄昏て月夜
　遥けし土地のささやき　うろたえて伸縮していた血が巡
り　懐かしき心音がいにしえを紡ぎ出す　纏わりついてい
た眠りは剝されて　われ先にと指先がせわしなく踊り出す

嬌声など知らぬげに通り過ぎた街が掠れて　揺るり、昔語りの幕が上がる

重心を見失って歪んだ肢体　生体を忘れた残像は水深を探っていたが術もなし　覗き込む夜空を透かしてうねりほとばしる水流　星降る飛沫が四方に散って　水面とのあわいを往き来する水泡　たちどころに広がる水降る銀河　とこしえの歩行が夜に紛れて行方知らず

誘い出された帆船　風に伝え聞く海原をしめやかに回遊する　辿り着くべき寄港地は見えずとも　帆走誘う微風は生の由来を指し示す　潮の交流が身を浸して　浮き上がって風のほとり　潮風に濡れる人々のまだらな隊列に橋上の人　過ぎ行く一日の月日

おいしい季節

　こなれた味が指の隙間に見え隠れして　練り上げられるいとしき自然　そぞろ歩きの歳月がせせらぎで襟を正しているまに　まろやかな風味がこぼれ落ちる　いびつな年こそ甘味も増して　熟成した野原の風が急ぎ足
　食する口中は森のざわざわ胸騒ぎ　瞳に押し入る入道雲がおいしい夏を食べ尽くしそうで　慌てて飛び出した昆虫たちが勢い余って雲隠れ　色めき立った草花も風に向かって草書体　揺らめく匂いが手を差し延べて　肩寄せ合って言葉尽くし

そそられる食卓のいにしえも遥かならず　蓄えられたうれしき伝聞が口を開くと　時を眺めていたお伽噺が笹舟に乗ってやってくる　ふくよかな問答を咀嚼した兵たちの転がりこんで辿り着く越境　ほのかに頬が赤らんで愉悦

手玉に取られた味覚は上目使い　身体を巡る舌先が緩やかな坂道を登り出す　少年少女の靴音が息せき切って追い抜いて行ったあとには　路傍の余韻がしっとりとお皿に残って　摘まんで食す

旅する速度

一瞬という曖昧な時を啄み　常なる時の流れ　川の流れ
海の佇まい　野性の遠吠えが森を超えて気流
見はるかす梢の大地　沼地は物語で埋め尽くされ　回転
木馬は行き行きて　不可視な距離を測量し　生きとし生け
るものが麗しき星座との数を競う　息づくものたちが住ま
う森の混声　生物が旅する時間
語るべき大地は回転木馬の後塵を拝して　発声すること
を厭い　日々と時間を黙々と飲み込む　天地に刷り込まれ
た時間の記憶　天地の自転速度は　天地が飲み込む時間の

総量には左右されず　飛び立つ鳥たちが向かう磁場への速度と共鳴している　旅は既に佳境を迎え　意図する速度が顔を出して　路傍の石の上で回転している

遊園地は揺らいで　空気が膨らみ　空想距離が伸びやかに延長する　宙吊りになった尋ね人の視線が歪み　風船を手に取って姿勢を正している　捜しあぐねる母体が誘う思い出の時間　遊園地の地下水脈での　遊泳時間が迫っている

頬を撫でる夜陰の嗜み　夜風を奏でる息遣いが夜を慰める　目を閉じた平原では　花の影が螺旋状に歩行して　宴の過ぎし夜の鈴音　飛び交う水玉が掌で笑い　心細げな光が波打つ　旅人は曲線を眺めて　先を急ぐ

幼生の不確かな姿態　二重写しの器官を愛でる単独者が
首を長くして辺りを伺う　生暖かな水で震え舞う蜉蝣も
また　回帰するままに生気　経巡りする旅の速度

鉱物の時間

鉱物が香しい花びらと語らう　岩肌に寄り添う花びらは季節を問われることはない　花びらの記憶を断面に刻み写し出す鉱物こそが四季を数える　一夜、岩山に目覚めた花びらは色香を語る間もなく峡谷へ揺れ落ちて　季節を失う

鉱物は花びらの由来、季節の移ろいを空に放つ　宙に浮かぶ季節と宇宙を成す鉱物　意図するものと物体が重力に支えられて拮抗している　問う者と答える者　渓流と渓谷

颪と颪紋　進行する鉱物が生の由来を刻む

硬度計が鉱物を分類する　無数の目盛りが鉱物の所有時

間、硬度の時間を記録して　無数の鉱物を現前させる　無
数だが無限ではない　目盛りは円環を成しているが円は閉
じない　硬度計の針が最大値を指し　円を閉じようとする
が　円を閉じてしまうと鉱物は可想界に異動し　移ろう季
節が硬度計の針を覗いても　鉱物が数えた季節を確認する
ことはできない

切り立つ断崖を穿つ　火花が飛び散る鉱物に侵入するの
は手に握られた大気　日めくりに乗ってやってきた硬度計
が確かな時間を計測し　尺玉となった火花が夜空に上がる
と　侵入した大気がゆるりと鉱物を宝石に変える

稲荷狐

　狐が啼く　稲荷の神の使いは目で啼く　吊り上がった狐目は啼き声をなぞって杜に涙目の赤を刻印する　狐の心ばえが時を持たぬ速さで一巡する境内へ　引き込まれて柏手を打つ　響く音に鎮守の杜の木霊が呼ばれて　狐は目を細めるが昨日の狐ではない
　狐は食する　稲荷を食する　垂れた頭を食する　憂鬱は頭の勝手気まま　瞬く間に杜の瓦にしがみつくもの　狐に取り付くもの　色とりどりの紙吹雪となって降臨した諸々の神々を想うもの　祭神が身を寄せるべき頭は遊行してい

る

　狐は笑う　人も通わぬ幽し夜に　透かし笑いで狐も消える　麗しき座像が飛び跳ねて　いそいそ杜に隠れてほくそ笑む　合わせ鏡の狐も飛び跳ねて右往左往　狐の笑いは人待ち笑い　天が差し出すお守札が舞っている　神慮にかなう風よ吹け

　狐は黙する　白白と黙する　狐は幾千年も軽やかに黙している　黙する狐の眺めやる景色もまた黙して移ろう　足早に移ろう　狐目が追い縋る先にも先にも　狐の追い縋る姿が見えて　狐の嫁入り

丸みを帯びた石

　水が溢れて行く先に　丸みを帯びた石が地中から顔を出している　石と成った時間　石の有史は　種子が刻む　石の時間の尺度を窺い知る木々の梢が撒き散らした種子は地中に埋まり　己の生が綻ぶ時をいつしか忘れて　石の時を刻む

　地層の　理を知らぬ表層は　梢の声を聞き過ごすが　地層は幾重にも重なり　梢の声は種子もろともに地中へと浸透して　古層へと深まり行き　石は空とのきわでいよいよ自らを硬くする

石は空を吸い込む　空の鼓動を吸い込む　鼓動は空の摂理の響きで　鼓動の強弱が空の密度を表す　石は鼓動の強弱、空の密度によって色付けされ　細かな層を成して　密度の多様性を表している

丸みを帯びた石の固有名を冠した鼓動の色模様は　石が生まれてこの方　語るも愚かな長い歳月　空と共にある石とて窺い知れぬこの歳月　何物も生まれてすばやく身に纏う歳月のことを思い起こせば事足りる

石の歳月は　自らが属する種の歳月の総量の内で　石の空の歳月として決定されており　歳月の長短は　総量を消尽している時間を記録しているにすぎない

石が消尽する歳月は　石の色模様に費やす空の時間とも

言え　石は石の色模様に起因する空の密度に同調する石の
組成の時間を　数える行為自体で石をなす　石の組成　石
が吸い込む空の重さと石の重さが常に等しい謂れだ
　水が溢れて行く先の　丸みを帯びた石が水に浸される
石は石を成すために　空を抱えて　水中へと沈み行く

女の綱渡り

女が綱渡りをしている　球体が女を見つめているが　球体は天体のようにも一粒の水玉のようにも見える　天体は女の顔の表情を窺うが　綱を渡る女のひたむきな身体こそが　女の表情を物語り　空は女で満ちている

女は群衆に黙視を強いているが　線上で移ろう身体には音楽が流れ　音楽は一線上にも流れ込み　女の身体を支えている　きらびやかなタイツ姿の女に　彼岸はおぼろだが

自らの姿は心に映えて　女は瞳で息を継ぐ

女は線上で空と交わる　垂直に立った身体から漏れる粒

子は　いつの間にか霞となってたなびき　群衆を空に鏤める　一線上には　女の綱渡りの面影がそこかしこに残されてたゆたい　街角が浮き上がる

背中に天体の声が触れる　振り向きたい衝動に駆られるが叶わず　女は風にこもる　滲んだ水滴が手の甲に留まると　一層じっと彼岸を見つめる　彼岸は指先に抱き締められて　彼岸を包んでいた地平線は後退りし　円を結んで行く

女を見つめていた球体が遠ざかる　線上で重心は天と地に引き裂かれ　切れ目から女の重みが顔を出す　重みは地面と違わず　やおら　女は身をそよがす

腐蝕

腐蝕ほど時間を正確に計れる現象はない　物質が朽ちて行く風の運びは時間を措いてほかになく　物質が腐蝕に至る風量は物質ごとに決まっていて　腐蝕を誘う風はいつも一定量が流れ　時が至れば腐蝕は完遂する

朽ちる尺度　腐蝕時間と風量が物質を遠ざけて行く時に物質には固有な風の時間が流れ　朽ちる尺度は一つひとつの物質名を諳んじる　風を知る風が物質名を言い当てる道理だ

物質の変遷　風のそよぎに　麗しき衣裳を披露すると

強度の断面に色彩が現われる　腐蝕する契機　腐蝕する繊
維がほつれる時　物質の記憶が生まれ　腐蝕が鮮明なまま
に薄れて行く　身に染みる風がそよぐ
風の運びを得て　腐蝕は物質の諧調をも食してまどろむ
まどろむ内で　諧調は風に手繰り寄せられはするが変容
させられることはない　自らを失うことがないままに　風
の知性が育む培養土に埋もれて行く
日が落ちて　朽ちる尺度が物質名を諳んじている　夜空
の球体を身に受けて　腐蝕が回転する　夜のしじまの遠く
へと響く汽笛のように　腐蝕の心拍は尾を引いている
熟れて行く物質の夜空　錯綜し細かな亀裂が走っている
物質の体温が形跡をつなぎ止めてはいるが　物質の無名

性が等しく広がり　見はるかす月の野原　風の知る風の運
び　風の織り成す形跡はもはや心もとなく　視線が辿る風
の手先が震えて　形跡が消える　風が消える　腐食が完遂
する

今を食する

食する　今を食する　道端のススキを食する　移ろい行く季節の今が口元で蕩ける　浮つく穂先が口内で踊る間もなく蕩ける　ススキが食した景色が蕩ける　今が固唾をのむ時刻に　舌先で今をつまびらかにする味わい　今を食する

砕ける　蕾が砕ける　朝間に砕ける　凍てつく表皮の内側で砕ける　うつつなる氷が砕け氷片が華やぐ　冷たさが走る　砕けた蕾が浮かんでいる　冷たさが口元を過ぎて花びらが花の形を象って浮かんでいる

反芻する　淡雪を反芻する　離れた空から　近づく空を反芻する　淡雪が解かれる　解かれた淡雪を反芻する　反芻するまにまに　大気が遊ぶ　遊ぶまにまに水が零れる零れた水が空を埋める　空を埋めた水が淡雪を反芻する淡雪は口元を濡らして温む

綻びる　古布が綻びる　日向に晒されて　綻びる　古布の慎ましい縫い目に沿って　ふつ、ふつと古布が綻びる綻びた古布から　速やかに雲が流れる　古布が湛えていた雲に　古布の香りが馴染み　もろともに流れる　口元に遊ぶ香しき雲　後ろ髪、古布がたなびき　千年の雅がざわつく

誘う　視線を誘う　穿つ視線が放たれる　形が見える

空の形　水の形　音の形　間を満たし　器を満たし　気を
満たす　口元が満たされて　今を食す

間を歩く

間を歩く　誘われた身体は　壁ならぬ壁伝えに　間の声を聞きながら歩く　反響する距離を抱えて　木霊する間を歩いているうちに　反響が薄れると同時に　間からの声がそこかしこから聞こえ出し　間は広がり　地平線へと近づき　間の声が野原の沖合へと身体を運んで行く

間がかしいでいる　揺り戻す力が　地平線の手前で溶け込んでしまった　泡立つ音が地中から聞こえる　湧き上がる歌声　地の歌　気体の音　歩く身体の重心が音に沿って移動する　景色は間の声を受けているが　間は地平線から

離れる　間は歩く身体のものだが　かしいだ間は身体と共に　地平線を遠巻きに旋回している

間が声を失う　間の声が　歩く身体の積み重なった時間に吸収され　間の声、誘う声が　歩く身体に届かない　自らの時間が吸い込んだ　間の声を聞けず　壁ならぬ壁との距離を計れず　歩く身体は間の大きさを見失う　容量を無くして肥大化する塊　身体を超えて　身体を飲み込み　身体から遠去かる塊　間を埋めて行く塊　塊は間のすべてを支配し出すが　塊は身動きが取れなくなって間を失う　間を失って塊は居場所を無くし　地平線へ　地平線を形作って行く

新しい間を身籠もる　新しい間が誘われた身体を呼び戻

す　声が生まれ　身体は距離を読み解き　時間を積み重ね
身体を包む割れた塊は　表面張力のなすがままに再び
間の声を発し　変容して行く

手は壁を所有している

壁に手を押し付ける　壁の強さが反発する　手は反発する壁の強さに付着する　付着する手の強さが身体の強さを形成する　壁の強さと相対する身体　筋肉は滑らかに硬直する　形成された身体の強さが壁の強さと同調し　壁と手は微動だにしない

手は壁を探求する　無風な壁の強さの内へ　手の体温が侵入する　体温は建築を解きほぐす　建築がほころび　建築が柔軟体操を開始する　深呼吸する壁が建築を潤し　再構築が試みられ　壁は建築を装い　建築に新しい空間　風

が生まれる

風の形、空間に手が伸びる　手の強さが空間を観察する

空間の強さが手に向かう　空間を成す建築が身構える手が触れる　空間の器の反発に触れる　空間の器が手を取り込む　手は空間の強さに締め付けられ　行き場を失って

壁に手を押し付ける

手と競う建築　建築の力が風に呼応して膨らむ　手は耐えている　平行して耐えている　壁は自らが風化することを知っていて　素早く建築を語り尽くそうとしている　風の仔細　建築の素性が手に反発する

せめぎ合う強さ　強さの集合体が正面を見据えている手は壁に強さを押し付ける　壁は強さを制御するが　壁は

手の強さを超えられず　手の強さが強さのままに　手を壁
に押し付ける　手は壁を所有している

あとがき

詩集を上梓することに新鮮な喜びを感じます。

この五年ほど書き連ねてきた詩篇が、一冊の詩集と成って目の前に現れます。詩集を手にとる時の思いは、家族の一人が誕生日を迎えた小市民の夕餉の食卓。ささやかながら楽しい喜びに包まれ、皿に盛られた出来立ての料理が食卓に並んでいます。

食卓の料理はおいしいに決まっているでしょうが、はたして詩句がもたらす味が、読む人の味覚にかなうものであるかどうか。

若い頃から、この歳に至るまで、折に触れて詩を反芻してきました。作品を成したのは本詩集の詩篇を除くと二〇篇にも満たないでしょうが、詩を反芻することはできました。日常生活のなかで、心の内で彩りを得ることはできました。詩を反芻することと詩を実作することは異なりますが、詩のありかを辿るよすがにはなったと思います。

ともあれ、初めての詩集の食卓に同席していただいた人に感謝します。

一町田　章

二〇二五年四月

一町田　章（いっちょうだ　あきら）

1947年青森市生まれ。26歳から29歳まで青森市の出版社・北の街社、30歳から60歳まで東京にて医薬関連出版社などに勤務。

一町田 章 詩集 2021 ～ 2025

2025年5月5日　初版第1刷発行

著　者　一町田　章
発行者　小口卓也
発行所　樹芸書房
〒186-0015 東京都国立市矢川 3-3-12
Tel&Fax：042(577)2738
jugei_042@road.ocn.ne.jp

印刷・製本　明誠企画株式会社

ISBN978-4-915245-84-8
定価はカバーに表示してあります